Collection MADAME

1 MADAME AUTORITAIRE
2 MADAME TÊTE-EN-L'AIR
3 MADAME RANGE-TOUT
4 MADAME CATASTROPHE
5 MADAME ACROBATE
6 MADAME MAGIE
7 MADAME PROPRETTE
8 MADAME INDÉCISE
9 MADAME PETITE
10 MADAME TOUT-VA-BIEN
11 MADAME TINTAMARRE
12 MADAME TIMIDE
13 MADAME BOUTE-EN-TRAIN
14 MADAME CANAILLE
15 MADAME BEAUTÉ
16 MADAME SAGE
17 MADAME DOUBLE
18 MADAME JE-SAIS-TOUT
19 MADAME CHANCE
20 MADAME PRUDENTE

21 MADAME BOULOT
22 MADAME GÉNIALE
23 MADAME OUI
24 MADAME POURQUOI
25 MADAME COQUETTE
26 MADAME CONTRAIRE
27 MADAME TÊTUE
28 MADAME EN RETARD
29 MADAME BAVARDE
30 MADAME FOLLETTE
31 MADAME BONHEUR
32 MADAME VEDETTE
33 MADAME VITE-FAIT
34 MADAME CASSE-PIEDS
35 MADAME DODUE
36 MADAME RISETTE
37 MADAME CHIPIE
38 MADAME FARCEUSE
39 MADAME MALCHANCE
40 MADAME TERREUR

Madame
TERREUR

Madame
TERREUR

Roger Hargreaves

Écrit et illustré par Adam Hargreaves

hachette
JEUNESSE

Madame Terreur habitait au sommet d'une montagne dans une maison qui s'appelait *Villa Frousse*.

Dès qu'il faisait noir, elle quittait sa maison et descendait dans la vallée en veillant à ce que personne ne la voie…

Et là, elle attendait calmement que quelqu'un vienne...

Et quand ce quelqu'un venait, elle passait derrière lui pour le suivre, sur la pointe des pieds, puis ouvrait grand la bouche et criait...

GRRRRRROAARR !

Et tu sais pourquoi madame Terreur faisait ça ?

Pour s'amuser.

Tu vois, elle adorait faire peur aux gens.

Et elle le faisait très bien.

Elle les faisait sursauter de peur.

BOOUUH !

Elle semait la terreur.

GRRRRRR !

Tout le monde était paralysé de peur !

GRRRRRR !

Il y a environ une semaine, monsieur Bruit rendit visite à son ami monsieur Peureux.

Monsieur Bruit était inquiet car il n'avait pas de nouvelles de lui depuis longtemps.

Lorsqu'il arriva chez monsieur Peureux, il frappa à la porte.

La porte s'ouvrit étrangement toute seule.

— Bonjour, dit monsieur Bruit aussi doucement
que possible, bien que pour nous il parlât toujours
très fort.

Il entendit un claquement venant de la chambre.

Monsieur Bruit trouva monsieur Peureux caché sous son lit, claquant des dents.

— QU'EST-CE QUI VOUS… demanda monsieur Bruit, puis reprenant doucement :
Qu'est-ce qui vous arrive, monsieur Peureux ?

— C'est madame Terreur, bégaya monsieur Peureux tremblant de tous ses membres. Elle n'arrête pas de me sauter dessus en criant GRRRRRR !

Monsieur Bruit lui prépara une tasse de thé, le calma et lui expliqua ce qu'ils allaient faire.

A la nuit tombante, ils se cachèrent derrière
un buisson sur le bord du chemin qui menait
à la maison de madame Terreur.

Ils attendirent jusqu'à ce qu'ils voient la silhouette
sombre de madame Terreur passer.

Alors, monsieur Bruit et monsieur Peureux sortirent de leur cachette sur la pointe des pieds, passèrent derrière madame Terreur et crièrent à tue-tête :

GRRRRRR !

Quand monsieur Bruit crie à tue-tête, c'est vraiment très fort.

Si fort que madame Terreur sauta aussi haut que les arbres et lorsqu'elle fut redescendue, elle prit ses jambes à son cou.

Elle n'arrêta pas de courir jusqu'à ce qu'elle
se cache sous son lit.
Dans sa chambre.
Dans la *Villa Frousse*.
Tout en haut de la montagne.

— Vous ne la reverrez pas de sitôt, monsieur Peureux,
gloussa monsieur Bruit. Monsieur Peureux ? Monsieur
Peureux ?

Mais monsieur Peureux avait disparu.

Monsieur Bruit gloussa à nouveau et retourna
chez monsieur Peureux pour regarder s'il n'était pas,
lui aussi, sous son lit !

RÉUNIS VITE LA COLLECTION ENTIÈRE
DE **MONSIEUR MADAME...**

... UNE FRISE-SURPRISE APPARAÎTRA !

hachette
JEUNESSE

Dépôt légal : Mars 2009
ISBN : 978-2-01-224859-5 - Édition 13
Loi n° 49-956 du 16 juillet 1949 sur les publications destinées à la jeunesse.
Imprimé et relié en France par I.M.E.